아리랑 오페라

"Arirang Opera"

김노경 제3시집

스마트폰으로 QR 코드를 스캔하면
시낭송을 감상할 수 있습니다

제목 : 아리랑 오페라
시낭송 : 박영애

제목 : 나한상 침묵
시낭송 : 박영애

제목 : 추억 타령
시낭송 : 박영애

제목 : 혼자서도 아프다
시낭송 : 박영애

제목 : 혼잣말
시낭송 : 박영애

제목 : 먼 길 바보
시낭송 : 박영애

제목 : 나를 사랑한 구속
시낭송 : 박영애

제목 : 그 자리에 두기로 해요
시낭송 : 박영애

영상은 YouTube 정책 또는 운영 관리에 따라 삭제될 수도 있습니다.

시인은 자연을 이야기하고 시낭송가는 자연을 품었다
글자는 날개를 달아 언어로 날고 소리는 자연에 눕는다

시인의 말

춤추는 시간들 사이로
가슴 뒷모습 뒤엉킨 사랑
토해내고 뱉어내는

공백空白 사연

수 數의 향연들은
산 山으로 적어내고
물 水 소리로 태어난다

시인 김노경

* 목차

1장 보자기 55

아리랑 오페라 9
빛 노을 10
나 11
매력 12
여운 13
어떤 날 14
아픈 눈물 15
흑 묵 黑默 16
당신 17
젖은 우산 18
정 19
나한상 침묵 20
산자의 오만 21
상념 22
자유 23
껍데기 프레임 24
속세 25
혼례 26
금 색실 27
혼신 28
잊을 테요 29
정열 30
내일 31
공허 32
결핍 33
추억 타령 34
초록 비 35
사랑 죽음 36
부탁 37
소망 38
타인 39
새봄아 40
향연 41
도 · 道 42
사랑 향수 43

* 목차

국호 44
애착 45
지고지순 46
이유 47
아픈 소리 48
나와 오늘 49
겨울 커피 50
대낮 51
인생 낭만 52
그런 만남 53
이 자리 54
우는 것도 멋이다 55
넋두리 56
시간 시절 57
안길 58
지붕 처마 59
나 같은 철학 60
나래 61
표정 62
물먹은 달 63

2장 춤추는 침묵 34

혼자서도 아프다 65
꽃방석 66
하루 67
나상 · 裸像 68
초승달 69
거짓 고백 70
마술 71
이유 72
연분홍 치마 73
회상 74
혼잣말 75
박수 76
그 이름 77

* 목차

꼬임 78
먼 길 바보 79
소문 80
눈먼 고독 81
울지 마라 82
가슴 구멍 83
그날 그 길 84
동냥질 85
오래된 시간의 흔적 86
내일이 그리운 추억 87
말 안 해도 되는 것 88
나 혼자 89
뒷모습 90
그립다 91
시간 때 92
닫힌 시간 93
어머나 94
혼인 95
남겨진 자리 96
상처 사이 97
국민은 봉 98

3장 시와 인문학 12

공백 · 空白 100
나 대신 사는 내 이름 105
아픈 상처에 기대어 사는 사람들 111
세상아, 깨어나라 122
영혼 울음 124
나를 잃어버린 미소 126
시대 가면 128
얼마요 그 마음 130
나를 사랑한 구속 132
또다시 사랑 134
생명 축원 136
무덤들의 전쟁 138

* 목차

4장 숙명 34

생명 142
담장 143
그런가 봐요 144
죽고 사는 철학 145
한숨 146
수리·數理 147
민낯 148
세상은 철학이다 149
말할 수 없는 나 150
마귀 눈물 151
혼자라는 것 152
만남 153
열아홉 매화 154
나 같은 변명 155
외침 156
텅 빈 시간 157
혼란 158
꽃 댕기 159
심연·深淵 160
할 말 161
여자 162
너 하나 163
기도 164
금기·禁忌 165
연심·聯心 166
독·毒 167
경계 168
그 자리에 두기로 해요 169
몽환·夢幻 170
자화상 171
품 172
부활 173
넋타령 174
한국 문상 175

1장 보자기 55

아리랑 오페라

생일 그리고 살아진 날이면
슬픔을 위로하고 또 다시 기일
내 이름의 세상 아닌가

널뛰는 아리랑 오페라
말했던 기억들처럼
하늘 살풀이 들을 수 있어

별을 움켜쥐고
아리랑 눈물을 따고
시간을 삼켜낸 날들 말이다

찔린 상처
동백꽃처럼 피어날 때
시린 가슴 흩날리고

헉헉대는 심장
젖비린내 한 몸으로 잠재우면
고요한 아침이 오련가

세상을 덮고 울음을 운다
사는 것을 말하면
그렇게 사는 것이 세상이겠지

제목 : 아리랑 오페라
시낭송 : 박영애
스마트폰으로 QR 코드를 스캔하면
시낭송을 감상할 수 있습니다

빛 노을

내가 노을을 좋아한다고
그건 아니야
해가 뜨지 않으면 죽기 때문이야

하루를 적신 장대비
저만치 혼자서
보름달이 떠내려간다

깊어진 상처 겨울 가시처럼
눈물을 껴안은 자유처럼
덩그런 몸뚱어리 노을을 닮았다

나

자연을 삼키는 영혼
DNA
유전자 연민을 훔친다

이기적 착취
팔자소관
디앤에이의 삶을 알겠지

과정을 겪는 열망
나를 아는 것
생명의 시작은 이런 것이다

매력

존중은
변하지 않으면
삶은 운다

사랑은
사랑을 하는 것이다
사랑은 구속을 알 이유가 없지

우리가 살아야 한다면
너와 나를 까발리고
벗어난 사랑을 데리고 오는 거야

여운

포개진 기다림
여운의 떠오름

시간이 죽은 기억
자유끼리 벗어나는 아우성

오늘 없이
하루가 산다.

어떤 날

술잔에 구겨진
외로움

아무런 말도 없이
어느 날이라고 했지

하늘 뒤편
남은 그림자 미련일까

아픈 눈물

하루가
밟고 스쳐 지나친 시절

아픈 눈물
따돌린 풍경소리 떨어지면

상처도
산다고 살아내듯 뒤척인다

흑 묵 黑默

흑 묵
붓으로 하는 말이겠지

먹물 주춧돌
사람 흔적 끝소리

허상
가장자리 냄새뿐이다

당신

그
누구인가의 이름

소매 끝
눈물의 침묵

그 사람
당신입니다

젖은 우산

잡을 수 없는 하루
고개 돌려 모른 척
더 크게 외면한다.

젖은 우산 속
눈물 타고 흐르는 가슴골
적시는 빗방울처럼 튕겨낸다.

설렌 추억
근심처럼 머물러서
뜨거운 얼굴들이 몸부림치겠지

정

고통들이
보석 같은 사랑 반절만큼

영생으로
현실 같은 정을 그려 본다

정 그것은
고독 같은 진실이다

나한상 침묵

겁쟁이 사랑 발가벗기듯
말 없는 영혼 흔들리는 눈초리
사람은 누구나 같은 거잖아요
역할이 다른 생사 철학
더는 함께 할 수 없나 보다

핑곗거리 같은 여정
떠나야 하는 이유를 묻고
그리움으로 바라보는 것이 전부다
열리지 않은 문을 열어
내 앞에선 진리 이치를 꾸짖는다

타인들이 준비한 유혹하는 신음
더욱 초라한 변명
거짓 시간을 위한 파티
살기 위한 오늘이 만들어낸 전설
너와 나 다를 게 없다

짠내 나는 인연 속 핑곗거리
그러지 마요 나 도 모르겠어요
세상 모두는 포장된 꿈을 꿈꾸며
아직도 구설수 같은 이름들
시간 뒤에 숨어 사는 삶이 힘들다.

제목 : 나한상 침묵
시낭송 : 박영애
스마트폰으로 QR 코드를 스캔하면
시낭송을 감상할 수 있습니다

산자의 오만

죽은 침묵을 위한
산자의 오만

시간을 벗어나 외면한 채
욕망의 상처를 갉아먹는다

멀리서 만들어
가까이 곁에 두는 흔적

파도와 산이 그려낸 물결
심장을 쳐댄다

상념

연이은 상념
문을 나서는 한걸음

기나긴 여정
죽은 고요를 모른다

고요는
인연 여기다

자유

자유는
속세와 현실이다

속세 현실
자유와 삶이 사는 마당이다

버리고
내려놓은 것은 무지이다

죽은 자의 몫
그 또한 속세와 현실인걸

속세 현실을 벗어난 거짓은
사기다

껍데기 프레임

얽매였더니
또 다른 하늘이 웃는다

버렸더니
버릴 데가 없어

정직한 생명 꾸러미
삶의 반대편 말장난 시간이 없다

속세

구름을 걸쳐 놓고
한 움큼 하늘을 욕하면서

들여다보이는 속내
자유는 치마 속 심장이다

슬픈 웃음들은
문자언어들이 사는 속세이다

혼례

겨울을 떠난 동냥 그릇
이 모양대로
포개진 여러 갈래 가슴길

혼례를 고하고
사무친 영혼
두 손에 움켜쥔 그런 마음 같아

오 방 숨결
이젠 본연의 길
가슴 같은 생사를 되찾는 것이다

붉은 태양 육신을 벗어내고
춤추는 영혼
혼유석이 대신한다.

금 색실

안채
세상을 묶은 심연

금 색실
가시 손길

풀지도 못한 속내
마음만 드러낸다

혼신

내 그림자
심장을 치닫는 혼신이여

맨살 고통
알 것 같은 이유는 무엇일까?

사는 것처럼
꿈만 꾸어댄다

잊을 테요

어찌하리
뒷걸음질 걸음걸이 다 버리고

가거든 오는 듯
덮인 듯 잊을 테요

밤새워
몸 둘 바를 찾지 못했다

정열

사랑한다며
태양을 불태우지만

메마른 손짓
죽을힘을 먹고산다

그렇게 아픈 정열처럼
꽃을 피워내는 독설이다

내일

아까부터
삶처럼 세상이 신난다

적셔진 대지
멀어진 여운 사랑을 품어낸다

내일은 삶 자체다
차라리 내일이라 말하지 말길

공허

꿈을 태우는 갈증
시간 틈 사이 구석이 좋다

상처에 박힌 가시
문턱을 지켜낸다

텅 빈 공허
흐트러지는 오색 깃발이다

결핍

착한 상처
가난한 결핍의 향연

힘겨운 일상
어깨를 내주는 사랑

슬픈 시간 말고
내 편이어야지

추억 타령

약간은 모자란 눈물 타령
현실 쫓아다니느라고 바쁘다
종이컵 식은 커피는 짜증이다
가녀린 너의 뒷모습처럼 그립다

추억은 말로서 만들어지는 그림자
기억된 온 누리 고통의 구속
살기 위한 현실을 먹고 사는 오늘
추억이란 말은 슬퍼진 현실이다

새로운 파라다이스
사랑이 묻는 말이 있을 것이다
새로운 시간의 옷을 갈아입을 때
무엇을 했느냐고 물어보고 싶다

슬픈 회상의 시간일 뿐
현실을 살기 위한 순간이었겠지
거짓 포장지로 나를 속이는 건
추억을 욕하는 것과 같을 거야

제목 : 추억 타령
시낭송 : 박영애
스마트폰으로 QR 코드를 스캔하면
시낭송을 감상할 수 있습니다

초록 비

왜
이처럼 말을 못 해

가슴소리 초록 비
숨이 차다

영혼 무지개
침묵의 절규 일지도 몰라

사랑 죽음

초하루 저녁 날
사랑 죽음

눈물을 적어내고
길들은 떠나보낸다

아프면
자유는 미소일 뿐이다

부탁

원하는 선택
양날 검의 부탁

이성적 퍼즐
상처로 중독된 무게

숙명은
무제한 궤도를 외면한다.

소망

하루
시간을 위로하면

몸이 한 말
마음은 알아서 해

소망
붉은 입술 여운인가?

타인

물의 무게는
형상의 눈물이다

자화상처럼
그곳에 머무른다

닮은 소망은
타인처럼 풍경을 꿈꾼다

새봄아

좋아서 뛸까
눈동자 삶 흔적일까

겁먹은 눈치
내 마음을 벗겨낸다

새봄아
교감하는 질투여서 좋다

* 새봄 : 친구 포인터견 이름
2023년 3월 27일 11시 무지개 되었다
흩날리는 꽃잎처럼 아프다

향연

시작 전 미련
선물처럼 설레임만 보인다

마지막을 남긴 손길
꽃처럼 물처럼 익숙하다

어때요
다가온 향연은 내 마음이지

도 · 道

방식이 만들 수 없는 것들
그것이다

자유 탄생 이전
혼백이 살았던 시간

삶을 울게 한 침묵
도는 말을 모른다.

사랑 향수

사랑하는 나로
애간장 태우지 말고

향하는 발걸음
서툴어 하지만

사랑 향수 피어나는
사랑 꽃을 피워

국호

그 이듬해 초하루부터
내가 죽는 나라에
국호는 없나 보다

붉은 동백 회색 콘크리트
여의도 나라는 있는데
생로병사 국민은 없다

상갓집 개 같은 날에
무궁화 나라 막이 오른 연극 무대
차고 넘치는 공연 쓰레기통

겨우 서류 한 페이지
부정에서조차 퇴학 맞은 빈자리
법치를 훔쳐낸 감옥은 해 맑다

시절을 지키는 무지개다리
주머니가 없는 수의 자락
시간은 기억할 뿐이다. 그 흔적들을

애착

꿈속 미소를
두 손 잡고 데리고 왔더니

뒤집어쓴 애착은
품은 가슴 뱉어내느라고 힘들다

우는 울음
지울 수 없는 시절만 달랜다.

지고지순

꽃을 버린 향기
먹먹한 뒷모습

그저
지고지순

메마른 침묵
타고 남는 갈증만 돌아온다.

이유

미워서 살아
그 길은 그런 거야

숨을 죽이면
손가락 사이 눈물이 새어 나온다

삶
아 그것이 이유겠지

아픈 소리

인생처럼 울면서
눈처럼 귀를 닮아가는 무심

상처를 쥐어짜면
달은 감추고 별빛을 쏟아놓는다

아픈 소리
시절을 감추며 삶을 배신한다.

나와 오늘

오늘이 사는데
나에게 온 것은 없다

시간이 비운 자리
입술을 깨무는 것처럼

나와 오늘은
버려진 것 마냥 그렇게 갔다

겨울 커피

겨울을 벗겨놓고
빨간 입술 사이
붉은 해는 그대 두 눈에 떨어진다

늦장 겨울처럼 추운 날
따스한 기억을 삼킨
커피 향이 뚝 뚝 떨어진다

겨울을 머금은
하얀 미소들이 흩날리면
안녕 사랑한다고 속삭인다

대낮

마음 편한 길
세상에 덮인 신작로

대낮부터
아무것도 못 해

너와 나를 잇는 자유의 시련
가슴이 튀어나온다.

인생 낭만

가는 대로
오는 길로 추월한다

입구 없는 출구
인생의 낭만이다

낯선 사람 얼굴이
인생처럼 기웃거린다

그런 만남

언제나처럼
들을 수 없었어

말하려 하면
미리 말해버린 가슴이 보여

구속 너인 것을
모른 척할 수가 없어

이 자리

그런 말 하지 마
사랑이 미안해하잖아

지나친 하루
더는 어울리지 않아

시간은 아프지만
모른 척하지 마

우는 것도 멋이다

비에 젖은 날갯짓은 어떻고
바늘 한 땀 목단 향은
내 생의 고백이다

후두둑 빗방울을 달래듯
회색 하늘은 가려져
영혼을 미치게 한다

매달린 문고리
스카프 묶어
바람 색으로 살아볼까

빛바랜 삶
시간에 물든 날 선 하루 눈빛
우는 것도 멋이다.

넋두리

가슴 놀라게 하고
북두 선녀 훠감은 인연

시린 칼날
마음 표정 잘라내면

대청 바람
넋두리 밤마실 나간다

시간 시절

메마른 손끝
또 다르게 울어버린 시간

시절이 할퀴고 간 침묵
하얗게 멀어진 날

벗어놓은 가슴들이
스치듯 지나치듯 걸려 있다

안길

시선 끝
잠재운 미소

안길
바깥길

세상 깨우는 소리
사방 곳곳이다

지붕 처마

앉아서 찬바람 맞고
알 수 없는 외딴길 마주하며

신이 우는 날
지붕 같은 부뚜막
안녕 끝을 묻어둘까

흐르는 불길 따라
심장 싸움 구경 나선다.

나 같은 철학

철학은 누구의 것이 아니다.

오늘을 사는 모두의 삶
나 같은 철학일 거다

현실을 먹고 사는 시간
욕망이 철학 아닌가

깨달은 말은 없다
죽는 삶을 볼 줄 알면 그뿐인걸

나래

심장
풀어헤친 청산

감긴 두 눈 사이
숨차게 어우러진 목소리

세상에 취한 손길
가슴 나래를 편다.

표정

무거운 침묵
돌아보는 기억

버려진 표정들은
얼어붙은 고독일까

차오른 사랑만
아픈 형상이겠지

물먹은 달

라일락 향 쫓아올라
부딪히는 미소
무거운 눈꺼풀에 시간이 달아난다

별빛 속 신음들의 초상
오작교 물은 말라
물먹은 달을 꾀어낸다

겹친 기억을 건드려
하얀 날 지새우면
흩어진 꿈은 민망하다

2장 춤추는 침묵 34

혼자서도 아프다

한밤중 눈물
보채는 아이처럼
속상한 얼굴이 웃는데

현실에 취해
흐느적거리는 상처 덩어리
혼자서도 아프다

설쳐대는 시절
불 꺼진 신작로
맨바닥 흙길이 튕겨 나간다

어쩌면 말할 수 없어
열 수 없는 문고리를 잡고
새벽 촛불은 생명을 다해버렸나?

그렇지
내가 아니면 혼자
시간이 아픈 상처로 살아내는 거지

서있는 대지
우쭐대는 심장
자유만큼 혼자서도 아프다.

제목 : 혼자서도 아프다
시낭송 : 박영애
스마트폰으로 QR 코드를 스캔하면
시낭송을 감상할 수 있습니다

꽃방석

볼 수 있는 것에서만
들어보세요

인생 길 넘치듯
풍요로움을 만나면

허전한 웃음 바닥에 깔고
꽃방석 마루 향내만 가득 찬다

하루

삶을 의지하면
지친 고독은 죽어난다

처음 세상
원형의 가치는 길을 잃었다

자유를 닮은 침묵
보이지 않는 허공

한 시절 공백이 아쉽다
하루가 끝나는 끝에서 말이다.

나상 · 裸橡

엎어지고
너덜거리는 미움 슬픈 나상

옹달샘 씻긴 눈물
누구의 사랑을 꿈꾸는 상처일까

적막을 매달고
발가벗긴 그림자만 살아난다

초승달

반쯤 열린 고독 사이
수줍은 푸른 잎 옷을 벗어댄다

메마른 입술
빈 의자에 걸터앉은 햇살 조각들

산등성 사다리
걸친 초승달 주인이 없나 보다

거짓 고백

신전이 운다
욕망 마지막 심장은 벅차고

비굴함은 옷을 걸치고
망나니 허수아비를 쫓아낸다

성전의 유혹
눈물에 비친 거짓들이 눈부시다.

마술

눈부신 하루
나비는 꽃을 훔치고

갈라선 가슴들이
멈추어선 시간을 메꾼다

너풀대는
오랜 상처들이 달콤한 마술이다

이유

가슴을 쓸어안고
그런 날도 있을 거야

빨강 꽃잎
보고픈 미소 숨겨 놓고

어떤 웃음들은
노란색 초록우산을 꺼내 든다.

연분홍 치마

주루룩
이 비가 그치면 괜찮은 것처럼
살아가겠지요

후두둑 빗소리처럼
흩날리는 자유들이
시간 노트를 채워 나가겠지요

흠뻑 젖는 세상
눈물 같은 이름
설렌 가슴 잠 못 이루겠죠

입술을 훔치면
연분홍 치마 사그락 물결
붉은 연지곤지 꽃이 피어나겠죠

회상

구속된 민낯 미소
깊은 고뇌들이 죽어난다

가슴 하나
오늘 마음은 하루가 춤을 춘다

감동을 심어 놓고
물감을 풀어 회상을 그려 낸다.

혼잣말

꿈꾸는 그리운 사랑
추억도 아니면서 말 못 하는 기억
내 전부인 연민을 마중해야지

낯선 하루 미운 가슴들이
다시 태어난 무심한 상처처럼
언제까지 함께하려 드나

추억 속 혼잣말들이
꿈이라는 허울이지만
어색한 시절 잊힘이겠지

퇴색한 위선을 만나면
지나쳐 간 삶에게 물어봐야지
고통은 어디까지 왔는지

어떻게 해요
나같이 소리치는 현실들을
하얀 거짓말은 알고 있을까?

제목 : 혼잣말
시낭송 : 박영애
스마트폰으로 QR 코드를 스캔하면
시낭송을 감상할 수 있습니다

박수

돌 산을 떠내듯
과거를 파먹고 사는 박수 소리

미래는 모르니
당연한지도 모르겠다

그나마
현실 운명을 삼켜대는 웃음이다

그 이름

시간을 삼킨 망부석
봄이 쉬어간다

저 멀리 가여운 침묵
내 봄은 그 이름이다

날마다 마르지 않는 우물처럼
내 사랑이 봄이다

꼬임

금은보화
할 말들이 다 모였다

뜨거워서
꿈을 떠밀어내야지

꼴값은 얼마일까
뻐꾸기 같은 사람 꼬임 말이다

먼 길 바보

다음날 뜨거워진 하루는 떠나고
남겨진 햇살 조각으로
목마른 붓끝 늘어진 하루
눈물에 비친 시간이 아우성이다

먼 길 떠난 바보
새빨간 고독 마을에 사는 사람들
외발 의자에 앉은 것처럼
악어는 악어새를 불러내고 있다

손잡은 손끼리
미련을 묶어 놓고
기다림으로 그리움을 뒤돌아보며
익숙해진 고민에 빠져든다

가슴 사거리 꽃 다방
동트기 전 색동저고리
꽃향기를 따라주는 사랑
우리끼리 함께할까

갈바람 같은 바보 웃음
새벽녘 산 너머 바다를 본다
먼 길에 지친 시절은
수많은 생각만 만나고 있다

제목 : 먼 길 바보
시낭송 : 박영애
스마트폰으로 QR 코드를 스캔하면
시낭송을 감상할 수 있습니다

소문

세상을 깨우는
허무한 사람들 뒷골목 이야기

지나치면
다시 오지 않는 이름일 뿐

시작과 끝을 함께하는 삶
시간이 살아내는 소문일 거야

눈먼 고독

하얀 입김
낙엽을 불러 모으더니

고독 냄새 태워
가녀린 손끝 감싸면

스산한 외로움은
나비처럼 날아든다

울지 마라

어둠을 불태우는 연기처럼
울지 마라

머물 줄 몰라
삶 같은 조각으로 눈물을 꿰매고

등 떠다미는
구속 깃발은 하얗다 못해 뜨겁다

가슴 구멍

가슴 구멍에 찾아든
움츠림이 하얗게 웃는다

먹먹한 비린내처럼
마음은 죽어난다

태양 심장을 쪼개는 소리
무심한 아픔이다

그날 그 길

비우는 것은
나누어서 비우는 것이다

한 일들이 쌓인 모서리
어떻게 해야 할까

버려야지
아직도 그 길은 그날이다

동냥질

사방 반대편
북적이는 유혹

커피 한 잔 동냥질
내가 사는 시간이다

경계를 버리고
심장 장단을 준비한다

오래된 시간의 흔적

버려진 이야기
그리움으로 버텨 낸다

삶의 일부
외침의 공간

오래된 시간의 흔적처럼
나를 전시한다

내일이 그리운 추억

예전처럼
익숙하게 자리를 잡으면

맛있는 풍경
미끼 질로 시간을 끼우고

그리운 추억은
깨어난 내일을 부추긴다

말 안 해도 되는 것

목멘
짧은 인사

나를 잃고
무제로 맞선다

나를 위한
가장 미운 쓰라림이다

나 혼자

시작 전
기교는 필요 없겠지

휘말리는 호흡
잊어버린 자유를 맞서면

여린 영혼
온몸이 나 혼자다

뒷모습

분주하지만
무심한 시간

화려하게
자유처럼 가두어 놓는다

텅 빈 뒷모습
끌리는 사연 속에 매달린다

그립다

뜨거운 꿈
태양의 향기

금화 눈물에 젖은
시린 가슴

한나절의 외출
길 잃은 그리움이 그립다

시간 때

시간 때
마른 입술 빼닮은 것처럼

다시 돌아가서
커피잔 낙엽 냄새 마시면

들켜버린 상처로 감싸 메고
꽃잎처럼 그리워하며

초록 눈빛
뜨거운 사랑처럼 울어야지

닫힌 시간

사는 냄새
풍경 냄새 좋아하지만

닫힌 시간
햇빛 가득 고독을 태우면

그래도
사랑 냄새가 더 좋은 것을

어머나

어머나
벅찬 부끄러움 그리운 연민

훔쳐보는 춘삼월
발가벗긴 대지는 수줍다

마중 길에 마주친
새각시 시름 초승달에 걸어 두고

입춘이 울어대면
울먹이던 사랑이 보이시나요

혼인

곤지 연지
순백 마법처럼

초록 박하
치마로 덮고

바보 미소로
하나만 예쁘게 볼 거다

남겨진 자리

쏟아 놓는 상처
어떻게 아픈 건지
울어대는 아픔인지 서러움인지

잊고 잊어버리면
추악함은 계절을 갈아타고
기억은 삶을 치닫는다

계절에 취한 연민
나를 찾은 줄 알았지
그 자리에 아무것도 없다.

상처 사이

서둘러
이렇게 말하면서

이토록
먼저 길을 나서면

사는 것 같은 미소
상처 사이 피고 지는 사랑

잊고 잊어버리면
추악함은 계절을 갈아타고
기억은 삶을 치닫는다

계절에 취한 연민
나를 찾은 줄 알았지!
그 자리에 아무것도 없다.

국민은 봉

활기찬 하루는
멋있는 새날들이다

웃고 울게 하는 인간 쇼 대사 중
가장 많이 듣는 말 국민이다

치부의 역사
오늘도 국민은 봉이다

인간쓰레기 장사를 하려면
국민을 팔면 된다

국민과 쓰레기 장사치
국민이 있으니, 쓰레기가 있겠지

사는 것은 국민이 아니고, 나이니까
나를 위한 오늘처럼 웃는다

3장 시와 인문학 12

공백 · 空白

그 이듬해 어떤 날이든가요

잿빛 하늘 아래 할 일이 있었지
중간쯤 비집고 끼어들어
공간과 시간을 이간질하는 일이야
철 늦은 생명으로 철학을 토하면
부정 탄 공간은 어색해지고
삶이라 말하는 내가 보일 꺼야

시작은 설레임을 훔쳐
가끔씩 욕해대는 아이처럼
꿈을 치닫는 죽음
거짓을 꾸며대는 능숙함으로
또 다른 욕심을 허상처럼
만들어 놓고 죽어가는 중이었어

분별력은 그렇게 살아남아
가증스런 인면피처럼
공백 너 같은 날 지워낼 수 있을까
타락한 위증을 뒤집어쓰고
연민이 만들어 낸 말 사랑
살기 위한 자유로 웃어야지

양심을 벗어던진 오색저고리
그 누구에게도 주어진 적 없는
흩어지는 바람처럼 외면한 가슴
영혼이 비켜난 생명인가
말이 살고 형상이 죽어가는 미련
인간과 사람이 버려진 마당인걸

파괴된 흔적 자유를 꿈꾼 평화
수십 년 시간에 버티고 쫓기어
야윈 상처 몸부림으로
집시 같은 생로병사 굴레 속에서
새로운 변명의 현실을 만들어내는
더럽고 추악한 게임을 잉태했어

그전부터 목놓아 울었던 슬픔
이렇게 될 줄 알고
그렇게 만들어 낸 고독
긴박한 생명 외줄 타기 시절
관객 같은 사람
막 오른 무대 공백일까

술잔에 눈물을 따르고
그 아침 그렇게 분칠을 한
시간과 공간의 전설
눈물 닦은 손짓으로
나이에 지친 삶을 마중하고 이별을 연습해야지

몇번을 살아내는
사람들의 허울이라는 몽상
생명체를 갉아먹는 물상인데
침묵하는 심장이 살기 위한 눈물 사람이 만들어 낸 것 중
가장 위대한 망상은 아닐까

낡은 재봉틀 사이 흐트러진 한숨
때로는 웃다가 울기도 했어
울분을 향락으로 삼켜내며
소리치는 악마 역할도 했지
후회는 그렇게 스토리가 되었어
그것으로 살다가 죽는 것이겠지

어쩌면 오늘은 내 편이라고
메아리치는 혼잣말
사는 동안 죄악의 계단을 올라 그림자 후회를 둘러메고
하늘 넘어 저편 아래
지평선 면죄부를 꿈꾼다

뒤척인 밤 사랑 망나니
가슴 변두리 시간 속 차오른 달
하늘 육신은 태양 불 재물이 되어
내 안의 상처 초라한 거짓말
사랑의 굴레를 벗어나려
뒷마당 외로움을 잊어버렸다

저 멀리 뒤돌아서는 독백
바람에 매달린 인연의 법륜들이
내일이라는 허무를 보상해 주는 오욕칠정은 현실에 담아
눈먼 오늘 반나절 장사를 나선다
그 상처로 갈등을 비난한다

아무 일 없는 것처럼
가슴 한구석 아픈 것도 많아
허상은 망상을 불러놓고
시간 앞에서 선 무지개 길
시절 곁에서 눈물을 흘린 거지
세상 속 영혼을 만들어 내지 마시길

때로는 시간을 좇아
인간으로 살다가
사람으로 부대낄 수도 있을 거야
아니면 그 반대일 수도 있겠지
난 생명을 영위하다가
사람으로 살고 싶은 것뿐이다

미움처럼 사는 것은 짜증 나는 잔소리일 뿐
수행이 무엇인지 알면 끝인 걸 엉키고 어우러지면
잔가지 한 잎이 한 뿌리인 것을
볼 줄 알면 그만 아닌가

아무도 모르게 자리를 비워놓고
마음 떠난 하루 공백
현실은 자유를 움켜쥔 속세다
가슴을 잃어버리면
찾지 않는 마음을 떨치는 것이겠지
숙명은 늘상 그런 것이 아닐까

나 대신 사는 내 이름

햇살 맑은 가슴 미소처럼
예쁜 시간들이 앞선 걸음으로
낯선 사람을 초대한다
회색빛 사이 현실은 꿈을 갉아먹고
어제 같은 축제를 토해낸다

나 대신 사는 내 이름
그렇게 침묵으로 바라본다
심장 울음만큼 껴안아 보지만
현실을 살아내는 변명은
변명을 유혹하는 주인 행세다

연민이 그리운 날개 옷깃 붙들고
불 꺼진 변두리 골목
볼품없는 돌멩이처럼
훔친 시간을 향해 욕을 해댄다
삶 같은 세상 뒤따라온 미련만큼
나 대신 사는 내 이름을 마주친다

추운 눈물이 만들어낸 형상들은
영생을 깨우지만
순간의 착각은 순간일 뿐이다
산다는 것은 연민의 업장일 뿐
세상 무대라 착각하지 말자

너와 나 다르지 않은
뒤엉킨 사랑
모든 형상 행동들이 내 것이었다면
자유를 갈구하는 메아리에 묻혀
그 영혼은 사랑이 아닐까

바람이 몰아쳐 약속은 날아가고
함께한 사연은
누군가는 누군가의 사랑을
허우적거리는 상처로
불나비춤짓으로 유혹하려 든다

나 대신 살아내는 내 이름
슬픈 눈물이 보인다면
그림자를 지우려는
어리석음을 버린 친숙함이 아닌가
이 그림자는 삶을 대신하는
가치와 자유인 것을

인생을 위한 목멘 구속
나만의 예술 나를 위한 고뇌
가슴에 묻고 심장을 태우면
시간이 뛰어가는 길목에서
시절을 붙잡을 수 있으려나

발길 나서는 고요
세상을 위한 나 말고
나를 위한 세상을 마중해야지
내 안의 대지에서
나를 위한 침묵을 초대하고
행동을 찾아 형상을 색칠해야지

감정술에 취한 무지함에 취해
나를 버렸다면 이제는 찾을까 보다 유혹에 박수 치고 싸구려
미소 짓는
어제와 오늘 누구나 다 그러함에
특별함을 두지 말자

나 대신 사는 내 이름
맞닥뜨린 기억을 욕되게 하는 추문
그것들이 죄악이다
자유 속에서 질투하는 고독처럼
진실은 위선을 따라다닌다

지루한 영혼
눈물 팔아먹는 위선의 장사
시작도 모르듯이 끝도 모른다
싸구려 양심만 좋아죽는다
형상은 물 같은 막장 스토리처럼
시간을 팔아먹는 현실을 치장하는 중이다

초조해진 가면 속 자유
또 다른 미소를 뒤집어쓰고
사람 냄새처럼 껄껄댄다
촌스러워도 멋있는 빗소리
그 가치를 느껴본 적이 있으려나

나 대신 사는 내 이름
내가 나를 향해 웃어 보이며
있는 것처럼 보이는 대로 말해야지
이렇게 하는 것이 맞는 거겠지
사람들이 살았던 세상은
원래 그런 것이기 때문이다

웃으면서 세상 따라 웃지 말자
내 미소를 내게서 훔쳐 오자
그래도 오늘 같은 허울들은
시간으로 눈가림하지 말고
거짓과 기만으로 포장하지 말자

기분 좋은 날 우산 같은 양산을 쓰고
쏟아져 내리는 상처로
세상을 감추는 말을 건넨다
대꾸가 없어도 아무런 상관이 없다
흩날리는 빗방울이
튕기는 눈물로 대신 말대꾸를 한다

서산마루 인생 걸음 감추어두고
새벽녘 마른 기침소리는
닫혀진 대문 틈 사이에 끼어
달빛은 별빛을 챙기지 못한 아쉬움
아직도 대문을 닫을 수 없는
그 사람은 오죽할까

한적한 오후 사람 냄새 킁킁거리며
늦은 저녁이 좋아 잠든 시간이
불안한 가을소리로
고독한 것만은 아니라면서
기나긴 하품에 눈물이 감긴다

나 대신 사는 내 이름
가난한 시간 잠 못 드는 삶
동트는 시간 달이 차는 아픔이겠지
세상에 취하는 것도 그럴 테고
유혹의 광란에 사는 것도
오늘을 좋아하는 것이겠지

그래서 사는 것이 아닐까
고독을 닮은 새로운 길은
새롭게 만들어지기 때문이다
욕심을 채우기 위한 몸부림이던
형상을 찾아 떠나는 여정처럼
나를 닮은 허공이다

나 대신 사는 김노경
내 이름이 좇고 있는 오만
자유는 멈출 수 없고 되돌릴 수 없지
붉은 파도치는 바닷속에
외발로 다가선 고독한 자유
외로운 것이 아니다
사는 것을 기다리는 것뿐인 것을

아픈 상처에 기대어 사는 사람들

그날 동지 초하룻날이련가

찢어진 하늘 바느질이 필요하면
달빛 바람 파도 색으로 물들이고
색동저고리처럼 색칠하면
내가 할 일이 사라지는 건가
거친 막장 드라마 헛웃음처럼
감추어진 시간들이 신경질이다
현실 속 무지의 밀어들은
화려한 진실 마냥 신나게 질퍽 거리고 있다

원앙금침 갈대밭 세치 혓바닥들은
현란한 춤을 흐느끼기 시작한다
구원 같은 고독을 품지 않으면
지옥으로 포장된 선물을 받는데요
마치 다녀온 여정처럼
장사 흥정하듯 목이 탄다.
이쁘게 차려입고 유혹 웃음 향수로
눈물 감추고 아침 길을 나서는 길에

시절 무지개를 삼킨 설렌 가슴처럼
고장 난 상처 장사 좌판을 깐다.
기도 장사는 남들이 부러워하는
성공한 장터 길을 나선다
하늘 뒤편 묘지 위를 나대는
무언의 속삭임 내가 선악이지
남이 우선인 것은 나고 죽음의 연결고리라는 사실을 알기나 할까

세상을 닮은 타인의 말 현실적 자유
가을을 태우며 굴러다니는 낙엽처럼 거짓 같은 말들 그것들이
죽고 사는 삶을 살게 하는
가려진 에너지를 살찌운다.
그 실체를 알고 살면 그것뿐이다
거짓 현실적 변명 수단으로 타락한
인간이 토해낸 자만심 같은 불만
그것 말고는 또 있을까

하얗게 부서지는 현실 고독을 살아내기 위한
한편의 삶일 뿐이다
코 묻은 돈 입에 물고 마트에 가면
누구나 살 수 있는 못생긴 죄악
주인 없는 쓰레기
그중 고독 쓰레기 상처가
제일 심하고 꼴불견이다

끝이 없는 거짓 유혹들이 모여
시시덕거리며 사는 마을 어귀
사람이 사는 줄 알았는데
사기 치는 갈등들이 문패를 걸은
주인 행세다
생활 치마폭에 휩싸여 헉헉대는 현실
그 현실 부스러기들은
사람이 만들어 낸 거짓 사기로
살아낸다
그중 으뜸은 자유를 팔아 장사하는 굴레 구속이 아닐까

3월 봄빛에 불타는 봄날
음식만 맛있게 먹는 게 아니다
사기도 거짓도 사랑 같은 거짓도
사람이 먹을 수 있는 음식 중 하나이다
아주 달콤하게 식욕을 당기는 맛
먹다 탈이 나도 치료제가 없는 맛
구멍가게 담벼락 슈퍼 백화점
어느 곳에 가도 팔고 살 수 있다
풍금 연주하듯 지갑 속에서
돈처럼 흥겹게 살아가고 있다

인터넷 홈페이지 마우스
아이스크림 같은 유혹을 한다
설익은 떡고물처럼
어깨너머 배우고 안다고 하는 것들
양심을 팔은 정신병으로
사람을 유린하는 중이다

좋은 시절 내일을 살게 하는
활력소라 사칭하며
꼬리 아홉 개 달린 여우짓으로
사랑을 느끼게 해주세요
인연을 담보 삼고 파탄을 보증한다.
그중 상처 같은 어리석음도
한몫 거든다
마을 고향 아랫목 장독 기도가
이만하지 못할까

가까운 이웃사촌처럼 살면서
할 짓 못할 짓 다하는 번뇌는
마치 완장이나 찬 것처럼 우쭐댄다
들마루 문턱에 걸터앉아
한 개비 담배 쓰디쓴 술 한잔 마시는 오늘이 내가 사는 자유다
내 목소리 갈라지는 메아리
달빛 푸른 하늘 초록별이 사랑이다

미워진 그리움을 기다리는 지금
당장 나와 사는 것들이 현실인 것을
돈 같은 욕심 멍든 가슴을 팔아먹는
거짓 나부랭이들이
일상은 아니란 말이다
살면서 죽어가면서 부딪치는
마지막처럼 살려 드는 주인 없는 날
오늘을 사는 진실들의 모순이다

마음의 장난 같은 믿음은 없다
믿음이란 말만 있는 것이다
그것은 살기 위한 직업이면서
죽이기 위한 수단인 것이다
선한 눈으로 욕하고
웃으로 감춘 마음으로 비웃는
길 잃은 보름달의 얼굴
시간의 굴레인 것이다

7월 한여름 뙤약볕 그늘 아래
배부른 고양이 쥐 가지고 놀 듯
소망은 슬픈 속삭임을 가지고 논다
거짓은 착각한다
고통이 사람을 마비시킨다
결국 욕망 같은 사람 도박 같은 죽음
서로 사기 치는 거래를 트는 것이다
그 이상은 없다 붉은 태양 고요한 접정
차마 마주할 수 없어
자유를 팔아먹은 지옥 같은 날에
서로 창피하고 쪽팔리니까
뭉치고 단합하는 것이다

사람이 만들어 낸 믿음 사랑
하나를 주고 하나를 장사하는
본질 본성을 팔아먹는
사람만이 할 수 있는 믿음 사랑
현대사회 현실의 선물이다
우리는 이 시대에 존재한다
부적절한 고통은 짧지만 길다
변명 같은 삶은 길다고 하지만 짧다

요람에서 무덤까지의 여정 속에는
음식 건강 약품 쾌락
과욕하면 죽을 수 있다고
매일매일 듣는 소리다
숨기고 속이는 사기 유혹 다른 것은 없다
이 소리 또한 귀가 따갑다
무지를 파는 책 역사이론 사람 이름
장사 수단으로는 최고 밑천이다

바보처럼 울고 용서하며
바보 같은 인간을 위한 장사 자격증
아는 대로 적어보시길
사기도 욕심도 번뇌도 사람처럼
또 다른 명함들이 다 있다
남과 다른 나의 이름은 무엇일까
뜨거운 가슴들이 씻겨져 내리는
개울가 징검다리 자유가 논다

지키지 못할 약속들이 사는 창고
곳간 주인이 채워놓은 자물쇠
그 주인은 오늘도 신이 난다
오늘도 캠페인을 한다
땡 처분 반값 세일 죄사함 받으라고
싼 이자로 대출하니
이참에 당신 세상 하나 장만하라고
버려진 양심을 만나라고

오늘 눈물 나게 죄사함 받으려면
그대 음성 내 품에 안고
돈 주고 사세요라고 선거 유세하듯
목청껏 외쳐 댄다
어여쁜 그대 미소 보라는 듯이
등판에는 죄를 짊어지고
목에는 욕심을 걸쳐 매달고
혼자 같은 내 사랑 오늘을 나선다

내 생일날 옷도 잘 차려 입고 화장도 하고
장사 나설 준비가 되었다
명당 부적 고통 사기 돈 되는 것
모두 마트처럼 골고루 준비하고
기다림은 짧게 맹수처럼
사냥꾼이 사냥감 찾듯이
어제 화살 맞고 오늘쯤 죽을 것 같은 술 취한 현실들 말이다

새소리 날갯짓은 힘이 들어
산새들이 울면 초목 장승들은
갈등과 아픔들을 변명 밑천으로
능숙하게 세상 품에 안기려 든다
어두움이 찾아드는 저녁 무렵
갖은양념을 섞어서 웃기도 하고
울기도 하면서 사탄의 뱀 혓바닥
날름거리면서 유혹하기 시작한다
밤을 사랑하는 어둠처럼

10월 가을 황혼 낙엽 바스락거리며
헤매이는 세월들이
빗줄기 내리는 내 마음 끝자락에서
아프고 상처 같은 흥겨운 그리움들
아무렇지 않은 듯 전쟁을 벌인다
시간이 저울질을 한다
죽은 사람 이야기를 팔아서
먹고사는 사람
거짓들이 헤매이는 삶의 길목

나 홀로 설레이는 깨어질 꿈이여
떠나는 사람들이 상하지도 않아
일상생활 현실이잖아
그리 대단한 것도 아닌 것을
나 같은 현실들만
비아냥 거리며 소리치고 있다
이것들이 맞는 건지 틀린 건지
헷갈릴 뿐이다

신이라고 하는 명함
돈 주고 사는 신 그것이 자격증인가
팔다 남은 신 팔고 사는
산다는 건 그런 것이 아닐까
신의 영역과 사람들의 영역 표시
그렇게 구분되어 있기 때문이다
냄새도 좋은 날씨가 곱다
달빛 우산을 쓰고 별밤 데이트도 좋아 보인다

빈 술잔 빈 양심이 무대 같은 삶이다
하늘의 법도 땅의 법도 밤이면 잔다
잠 못 드는 양심 사고파는 연설문만
하룻밤 날을 샌다
다음날도 또 그렇겠지만
글쎄 사람 생각하기 나름인가 보다
지나치듯 철없는 생각
잿빛 하늘 기나긴 하얀 해만 떠있다

텃밭 파릇한 상추 한 잎에
인생 양심 된장 비벼서
양볼 터져라 밀어놓고
축복받은 날
빨간 장미 입에 물고 시뻘건 눈으로 사리사욕 사냥을 나선다
사람 사는 마을에 비가 많이 온단다
우산 속 은밀한 전쟁이 선포되었다

특별한 무기 하나씩 둘러메고
정장 차림 근엄한 사람들
박장대소 피 튕긴다
우산 장사는 좋겠다
우산 장사 돈 많이 벌겠다
옛날 옛적 돼지 붕알깐 돼지고기
맛있다고 사 먹은 시절이 있다
그래서 맛있었나

늦어진 밤 야식 참으로
주막에 들러 명품 심장도 하나 사고
남는 돈으로
달달한 커피도 한잔 사야겠다
늦은 밤잠 못 드는 세상들
수많은 사람들의 일상처럼
내가 이 세상을 사고팔아야겠다

산을 닮은 사람 사람을 닮은 사람 말고
사람 뒤에 돈 있는 사람 말고
산을 그리워하는 그리움에 묻힌 사람
호젓한 산길 외롭지 않은 길
흐르는 물도 이쁘고 인생 감상도 해볼 일이다
얼굴을 스치는 바람도 감미롭다
밟는 것처럼 부드러운 흙길

나의 손을 너의 손처럼 맞잡고
산이 물처럼 흐른다 당신 같은
내 이야기 만큼이나
물은 산처럼 서 있다
나는 모든 것을 포기한다
나 같은 산이 있어
사랑 같은 사랑으로 하나 되는
물 같은 품이 있으니
벗어날 수 없는 영혼의 영생이기 때문이다

생명 같은 시절도 생명으로 기대어 산다
그 생명의 거리도 자연의 일부일 뿐
내 님 같은 생명은 현혹의 세상을
타인처럼 생명을 다한다
바람에 떨리는 불안 슬픔 고독 욕망
사기를 주워 먹고 우리를 훔친다
인생이 돌아서는 골목길
이제는 잊어버리면 어떨까
모두는 생을 다해야 하는 미련
이 같은 길을 보기 위함이 아닐런지

세상아, 깨어나라

구역질 토해내듯
죽음을 배신한 구속의 연민
광란을 훔쳐 간 세상이 울어댄다

으르렁거리는 새벽
벗어내는 허물을 집어먹고
대지여 깨어나라

가슴 덮은 자유 불태우듯
새벽 마른기침 뱉어내듯
순간의 찰나 업장들이 소리친다

천하대장군 눈알 부라리듯
한 움큼 심장 상처 걷어내고
장막은 불태우듯 오금이 저린다

대지의 침묵으로
시간을 향해 각혈하듯
붉은 동백 꽃잎을 삼켜라

산등성 메마른 가지
고독한 영역 맴돌듯
밤새운 침묵이 떨어진다

고뇌로 얼룩진 시간의 문턱
귓가에 맴돌듯 숨겨진 발톱 아픔을 움켜쥔 절규

세상을 할퀴어대고
앙칼진 목소리 깃발 휘날리듯
눈물을 사랑한 세상아, 깨어나라

영혼 울음

시작의 울음이 탄생의 인연인가
피 끓는 애간장의 오장육부가
처음처럼 잉태하는 소리로 운다
시작이 그러했다
각혈하듯 세상을 그렇게 마주한다

내뱉는 호흡이 심장을 밀쳐내고
웃을 수 없는 금기의 소리
하늘도 대신할 수 없는 고독
오금이 저린 인간의 구속을
욕되게 하는 수많은 사연

갈라지고 찢어진 목구멍
토해내는 핏덩어리 울음
세상 찾는 고통과 맞바꾼 영혼
오장이 놀라고 육부는 요동친다
태초 끝을 가진 신성함이여

천상의 한 만큼 영생을 주고
심장을 용솟음치게 하는 윤회
경배를 받들어 머리 조아리고
토해내는 한 움큼 번뇌처럼
무엇을 주려 하나

발가벗긴 영혼
생명의 시간을 태워 불사르며
영혼을 먹어치우는 천상이여
토해내는 영혼으로 삶은 산다

슬퍼진 고통이여
고독을 말하지 말자
심정 찢어진 고통의 무게를 대신할 영혼이 제석천이지 않은가?

앉은자리 죽음이 배어들어
메마른 가슴 눈물 흘리던 하늘이여
천지 만물 고통을 대신하는 상처들이여
세상을 주소서

마지막도 시작처럼 거두어
소스라치게 울어댔던 그 약속
산자의 몫으로 이어지는 영생이여
숨이 멎을 듯 붉은 미움을 뱉어낸다
사람이 아닌 삶의 세상사로 말이다

나를 잃어버린 미소

사뭇 오래전
마음에 빚을 지고
숨겨둔 목소리 술잔에 쏟으면
붉은 알코올 비틀댄다

시절에 부대낀 순간
벌거벗은 춤을 추어대고
설레는 상처
나를 잃어버린 미소로 대신한다

왜 슬퍼질까
눈물 같은 나
그만하고 싶은 것들
종일 산고만 낳는 중이다

서툰 가슴
기다리고 그리워지면
붉어진 귓불
부담스럽게 좋아죽을 거야

마음 덩치만 커진 구속
갈구하는 눈물
살아낼 웃음은 숨겨두고
부서진 시선들에게 미안하다

바람처럼 비가 오는 성난 계절
몰아쉬는 한숨
굽이친 시선 끝자리
나는 없는 걸까

내 자리를 지켜준 밤새운 고독
목젖을 태운다
헝클어진 이 길
하얀 살빛 영혼을 닮았다

또 다른 시간
고요는 세상을 다시 열려나
시간을 더하고
붉은 동백은 공간을 외면한다

찢어진 물길
바람 소리 풍경을 때리면
목어 비늘은 빛나고
두고 온 심장이 아프다

스치면서 지나친 아픈 상처
혼자라는 이름으로 내걸어진 문패
나 같은 마음
끝이 없는 길을 확인한다.

시대 가면

가슴이 훔친 행복
주고 파는 장사를 나간다 꿈이라는 착각들이
선택의 이맛살을 찌푸린다

늘 있는 말처럼
잘될 거야 내뱉으면서
시대 가면 탈춤은 헉헉대고
혓바닥 따 돌림은 횡재한다

숙명처럼 거짓들은
외면하고 모른척한다
세 치 혓바닥 쇼
두 눈 뜨고 똑바로 거짓을 고한다

오늘 팔아넘긴 위선들이
너와 나를 저울질한다
누구나 특별한 것 없다
표정은 정답을 죽이고 살린다

삶에 기댄 채 핍박을 곁에 두고 불안한 난장은 신이 났다
빈껍데기 모아두면
유혹 사기들은 신처럼 우쭐댄다

자살을 꺼내놓고
심장 터지는 생명을 마주하면
죽은 자의 책임을 되묻는다
산자의 웃음을 구속하려 든다

양심을 집어삼키고 죄 같은 사슬
변명의 미소를 뒤집어씌우고
사기 치는 노래를 불러댄다
손뼉 치는 손바닥이 빨갛다

혼자 독차지한 벌 같은 나
마지막 순간은 다시 오고
입장을 베어 물고
과거 압박 즐거움에 빠져든다

전쟁을 꿈꾸는 허기진 인간성 파멸을 유혹하는
욕망의 마지막 탈출구를 쫓는다
다가온 내일을 버텨내야지

노잣돈까지도
시대와 맞선 세상을 바꾼다
대상이 없는 구경꾼
사고파는 장사 물건이다

운명의 고향 예술
종교를 길들이는 사람들
제석천이 기지개를 켠다
미움과 질투 고립이 반갑다

얼마요 그 마음

그 마음은
세상에 숨어 산다
뒷산에서 팔 수 없는 물건이다

현실을 등진 인연
사람을 외면하는 말장난
사람은 사람으로 버려진다

마음은 맛보고 간을 보는 게 아니다
종교 화폐로는 장사할 수 없다
그러함에도 살 수 있다고 우겨댄다

무지 같은 천사
고민하는 눈 귀 입 형상
현실이나 산속이나 똑같은 거지

마음은 속세 현실에서
고통을 죽이는 삶으로
인간처럼 기대어 산다

현실도피 망토를 걸친 채
비굴한 얼굴들이
의미도 가치도 움켜쥐고

벗어난 무관심
죽을 수도 없는 한숨일까
그렇게 악과 밀애 중이다

영원한 것은 없다며
영원을 꿈꾸는 영혼
흩어진 망상들은 흐느낀다

현실은 삶이면서
고요한 세상을 만들어낸 것이지
변명을 앞세운 선은 거짓이다

나를 사랑한 구속

혼자일까요
부르고 싶은 이름은 많은데
답 없는 그림자
저녁을 토해내는 구속일 뿐이네요

한평생 삶의 한 토막
마음에 치우쳐 잃어버린 구속
전할 수 없는 자유
껄껄대는 생명이 아픈가 봅니다

생각나지 않는 사람의 그리움
주절대는 무거운 침묵
가슴 사이 후려치는 시린 사랑
고독의 구속을 날리고 싶습니다

형상의 구속을 벗어난
버려진 겨울 눈물을 보았을까요
가고 오는 자유는 살아 있어
잃어버린 영혼 식어가는 중입니다

밟고 지나친 생명 길에
왜 나는 없을까요
묵고 묵은 흔적 더미에 깔려
가쁜 호흡만 죽여지고 있습니다

시간을 옭아맨 연민
현실을 욕해대는 시간의 민낯
기억을 토해내는 한숨
속 타는 냄새는 역겨울 뿐

고요를 훔친 미소
나 같은 너를 붙들고
설렘이 나를 부른다면
내 심장은 쿵쾅거릴까요

웅크린 상처
소낙비 빗물처럼 미친 흔적
영혼을 구속한 생명
오늘이 나를 살려내겠지요

자유를 연모한 사랑이
고독을 버리고 떠난 하얀 눈물들이
다시 돌아온다네요
컴백홈처럼요

그리고 알았습니다
나를 사랑한 구속은 생명인 것을
마음 길
흘러내린 촛농 불태운 영혼이겠지요.

제목 : 나를 사랑한 구속
시낭송 : 박영애
스마트폰으로 QR 코드를 스캔하면
시낭송을 감상할 수 있습니다

또다시 사랑

물의 길
벽면을 따라 생명이 살아 숨 쉰다.
이 시대와 함께
시간 시절을 먹어 치운다

나의 원형
색깔 터치는 빛을 그리워한다
당신 품 안을 벗어놓고
구석구석들은 교태 짓에 빛이 산다

사랑은 앞에서 찾는 것이 아닐진대
사랑은 뒷모습에서 찾는 것이다
노천을 거닐듯
화려한 여백들이 나를 쫓아오면

태양 불씨 몸부림
춤추는 나비 날아올라
사이사이 자유를 가두고
제목이 없는 공간을 뛰어넘는 시공

얼굴을 가리고
운명들이 나무 틈 사이를 메운다
겹겹이 쌓아진 침묵
여백의 정체성

땅 위의 그릇
내 마음 출발점 무너져 내린다
물과 나와 하나가 되는 시간
여러 개 세상을 혼자서 산다

또다시 사랑
더딘 밤을 그리움처럼 기다리고
숨 가쁜 헐떡임으로
하루를 더 보낸다.

생명 축원

그 언젠가부터
꿈꾸고 염원한 낮과 밤
원 같은 문을 열고 들여다봐도
그 세상에서 벗어난 적은 없다

삶을 인생에 매달아
꾸미고 꿰맞추어도
시간의 반복된 굴레
언제나 하루 같은 몽상이몸

사는 것도 숙명도
말로써 만들어낸 형상
생명의 기념품을 위한 장단
무덤은 연극으로 또 산다

시대는 시간을 삼키고
거짓된 진실 하나를 위한 삶
이 사람 저 사람도 있었겠지
알 수 없는 가슴 무덤은 없다

혼자인 사람은 없어
내가 생명이거늘
존재하게 한 그것이 우선인 것을
꼭두각시 모델은 아니다

자유를 잊고 사는 조화
삶은 감정을 위한 섭리일 뿐이다
생명의 시작은
이미 만들어 질 것이다

말은 전하고자 함이 아니요
사악함을 숨기기 위한 본성일 뿐
말을 깨운 진리처럼
이치는 말 같은 것이 없다

생명의 복원
꿈꾸는 미래
말들이 꾸며댄 오늘
내일은 오래된 말 같은 유혹일 뿐

만든 사람
기억된 사람
존재하게 한 원혼
축원이 하늘의 신앙 그것이다

무덤들의 전쟁

하늘이 울어대는 땅 위에서
가장 큰 메아리로
장사를 위한 돈 잔치가 벌어졌어

세 치 혓바닥
뱀 허물을 벗어내더니
자유를 사랑한 전쟁이 죽어간다

죄와 벌을 앞세우고
사기 쳤던 거짓 깃발 흔들며
구속된 발톱들은 우쭐대며

선택된 그곳에서
내 전쟁을 죽인 거지
전쟁이 나를 죽인 적은 없었다

오래전부터 이어진 역심
무심하게 멈출 수 없는
또 하나 비굴 패전한 영혼 춤사위

가슴이 아픈 전쟁 말고
세상 사람들이 아픈 이기심이겠지
사랑이라 말하며 울어대는 양심

파괴된 심장은 어떨까
몸이 구걸하던
평화를 맛보는 고통을 알겠지

각자 다른 무덤 비석
고통으로 대신 해놓고
뒤늦은 원망을 해본다

그렇게 만들어진 각본을 위해
사는 시간처럼 만세를 부르짖고
세상은 그렇게 질서를 지킨다

누구를 위한 것도 아닌 투쟁
사기하는 거짓에
박수 한번 치는 것일 뿐

미래라는 것
머리 위 태양이 사는 한
전쟁이 만들어 내는 것 중 하나일 뿐

전쟁을 위한 죽음이던
생명을 꿈꾸는 윤회이던
별다른 차이가 있기는 한 건지

당연한 것을 부정하는 인간사
감정의 대가는
인간이 만들어 낸 의식일 뿐이다

전쟁을 위한 평화
평화는 이미 지난날 전쟁이다
넋두리 그냥 그거다

전쟁도 살아내고 평화도 살고
운명 같은 자유
내 것도 아니고 그저 일상일 뿐

전쟁이 할퀴고 간 것은
사람들의 숨결 현실이지
그 이상도 이하도 없다

무심한 낮과 밤 같은 전쟁은
사람이 창조해 낸 작품 중 걸작이다
더 이상의 표현을 만난 적이 없다.

사람 같은 조화를 위한 질서
전쟁은 그렇게
신들의 오락물에서 벗어난 적이 없다.

4장 숙명 34

생명

이름 하나로
세상에 비친 자화상

소리치는 몸짓
춤사위는 질퍽거린다

자화상 그림자로
오늘과 시간이 맞서대면

고독이 아픈 게 아니다
생명이 힘든 거다

담장

예전 이야기
고단한 허물

담장 넘어 붉은 벽화
꽃잎 입술

가슴이 아픈 게 아니고
침묵이 힘든 겁니다

그런가 봐요

그렇지요

아가
내 새끼
엄마만이 할 수 있는 말

그런가 봐요

손 시린 날
춥지 않다는 속내
거기까진 생각하지 못했다

그래요

그 이름 고향처럼
슬픔 한술 화를 품고 사는 줄을

죽고 사는 철학

이치는 낮과 자유의 그림자
너만 있는 시간
그 중간쯤 사람이 존재한다
생명은 그렇게 포기를 하지

나부끼는 햇살을 마주하면서
부대낀 삶들은 울음을 멈춘다
생각의 형상
눈부신 물상들로 놓칠 순 없다

앞선 마음
오늘을 구속하여
홀딱 젖은 가슴만 두근거려
사람을 담고 소리를 삼킨다

아픈 것은 아파해야지
두려운 것은 두려움인 거야
어제 일 같은 기억들
이렇게 철학이 죽어간다

산통 울음처럼
입술을 삐죽이면서
세상 두 손 모의고
살면서 울지 않는 게 철학이다.

한숨

소리 속에 매달려
하늘 자락 스치는 가시나무

실낱 날개 위
느린 목숨을 얹어 놓는다

떠오른 태양은 춤을 추고
산 구름밭에 별빛을 버렸다

수리 · 數理

앞선 시간은 좇아가는데
수리는 모른 척해도 될까요

금줄을 동여매 놓고
수리는 영혼을 잉태하는 겁니다

비천한 수학 출생이 아닌
수리로 살아나야지

나고 죽음
계산이 아닌 수리이기 때문입니다

민낯

숨어 있는 추억은 민낯
말하고 싶은 것은 기쁨인 걸요
보이고 싶은 마음은 사랑이에요

엄마가 그리워지면 어제
사랑이 보고프면 오늘
설레면 내일이에요

나를 닮아가는 오늘
볼 수 있는 사랑
나 같은 마음입니다

세상은 철학이다

현실과 고독
지옥 같은 가슴
천국 같은 현실
나는 오늘을 이렇게 오가는 중이다

삶의 한마디
이것을 벗어난 인생은 없다
숙명은 그렇게 존재하는 것이다
현실을 벗어난 영생은 사기다

생명의 본질은
생각으로 아프고
현실은 오늘과 하루를 준다
그래서 심장은 뛴다

그날 현실은
심장이 멎으면 철학이 된다
자유의 고독을 꿈꾸던 세상은
철학이 사는 곳이다

말할 수 없는 나

목단 꽃잎
먹먹한 가슴은 울어댄다

꽃봉오리 터지듯
눈물을 본다

침묵
타고 남은 연기도 없나 보다

마귀 눈물

아픔에 물든 시간
꽃잎 떨치는 아우성
사나운 눈초리 여전하다

마귀 대왕 시샘 싸움인가?
슬픈 상처 눈물비로 적시고
흠뻑 젖은 가슴들은 죽었다

맨살을 휘젓는 고독
그래, 이 맛으로 사는 거지
휑한 가슴 마른 세수로 달래준다

엇그제부터 따라다니는
연민들이 주절거리면
마귀를 삼키고 사랑을 연모해야지

혼자라는 것

혼자 노는 저 별만큼이나
괜찮아

혼자라는 것
혼자의 쉼표 하나

때로는
눈빛 하나도 그리운 것을

만남

어떤 시간도
사랑은 이유가 없다

하루 종일
수백만 번도 사랑이 예쁜 사람

만남
우연한 고독처럼 보고 싶다

열아홉 매화

벚꽃 북적이면
진한 시련에 묻혀
겨울 산고 매화를 출산한다

애틋한 사랑이 그리워
오라 하지 않아도
여섯 꽃잎 찾아든다

꽃 눈물 흩날리면
단정하게 화장하고
혼자 노는 나를 춤추게 한다.

나 같은 변명

뻥 뚫린 거짓말
혼자서 듣는 척
허상을 입는다

남쪽 약속
돌다리 허튼짓
그림을 그려 댄다

산을 등진 바람
변명 자락처럼
나를 훔쳐 갈 문을 연다.

외침

초록 향기 움트는 침묵
앉아 있는 장독 속에 갇혀
내 숨소리가 들려

길 잃은 향연
지워서 덮어지고
겹치는 상처

숲을 삼키는 외침
시간을 달려
초록 술에 취했다

텅 빈 시간

비워둔 의자
햇빛 한 움큼 흙 한 줌
나를 위한 오늘 한켠

등 처맨 현실 솔향
빈 의자 숨바꼭질
오늘을 묶어 두어야지

처음 거짓
텅 빈 시간을 채워준 의자
바로 나였을 것이다

혼란

시간 무덤을 덮고
박제된 기억처럼 떨리는 통곡
잊고 지낸 기억
돌담 뒤 곁에 묻어 놓다

물길
바람길
사람 길
자연 길에서 만난 어머니길

낙엽 눈물에 혼란을 섞어
뜨거운 고독 눈물
피사체를 외면하듯
오늘을 남겨 본다

안과 밖이 없는 후회
내가 없는 사람 길
하나는 둘을 위함이 아니다
셋을 위한 하나이어야 한다.

꽃 댕기

수줍은 향기
꽃이 핀 채로 꽃이 지고 있는데
아픈 것보다 더 아프게 한다

할 말 많은
그때가 그렇고
얼굴 눈빛 사연이 그렇다

멍든 사연
빨간색 향기 흔적
꽃 댕기로 묶어 놓는다

심연 · 深淵

초조한 심연의 그림자
향기를 밟고
시간이 서 있다

허공에 매달린
구멍 난 상처를 씻기면
여린 눈물 소리에 부대낀다

메마른 호흡 화풀이
시린 사랑 사연
기억들은 꽃비를 걸어가는 중이다

할 말

아닌 척 하기도 하고
침묵을 부러워하기도 하면서
모르는 척 외면도 하지

그러게
인간처럼 사는 것이 아니라
사람답게 죽는 것이겠지

아직도
할 말이 있는 건가
해야 할 말이 살아있는 건지 모르겠다.

여자

벌써 아픈 가슴
데려다주고
머무는 길은 아름답지

말 못 하면
기다림을 태워
시절을 묶어 놓는 상처

어디로 가는지
사이좋은 미소를 흔들며
미련만 아쉬운가 보다

무정
벌거숭이로 벗겨 놓고
빛바랜 여자 사진만 남아 있다

너 하나

낯선 눈물 뒤돌아보며
너만
고독해져라

너 하나일진대
매일 숨 쉬는 자유
다시 또 찾아온 지독한 구속

사방 세상들이 취하면
미운 새벽 뿌리치고
하얀 별들을 죽여댄다

기도

지옥을 태우는 불씨
당신의 화병 그것은 사랑

내 것이 아닌
너의 것

외로운 눈물로 화장하고
걱정 염려를 토해내는 것은 사랑

세상을 주고 싶은 사람
나를 위한 기도는 죽고 너를 향한 기도만 산다

금기 · 禁忌

인간이 누워 있다

대지와 천상은 현실이다
삶은 비현실 감동으로 존재하는
하찮은 존재일 뿐이다

자연
형상
시간은 인간의 영역이 될 수 없다

이치와 순리 침묵을
감동할 삶이 있던가
자연의 거친 숨소리를 아는가

죽음을 가져가는
생명을 잉태한 공간
영혼의 형상을 그려낼 수 있는가

시작과 끝
무안한 조화
그 시간을 알 수가 있느냐 말이다

연심 · 聯心

끊어내고 소리치는
대문 틈 사이 저편 그리움

내딛는 발길 어두워
구속 같은 심장을 도려내고

바람 칼날
달빛 그늘을 찢는다

독 · 毒

새벽 심장
목화솜을 두르고
입술에 말을 걸어 독을 쫓아간다

이 시간
독보다도 더 강한 사랑
붉은 커튼 끌리는 치맛자락

하늘 불덩이
고요는 춤을 추어 대고
심장을 녹이던 독을 마주한다

사랑이 부끄러워
알 수 없는 가면을 벗어 놓고 외로운 음모는 끝나지 않았다

경계

풀 누운 현실 경계
불사른 상처 같은 것이겠지

혼자인 발자국
아픔은 복원된다

거문고를 흠모한 붉은 입술
죽기도 하지만 무덤은 산다.

그 자리에 두기로 해요

고독한 시간들을
어젯밤 마음에 안겨
아무 일 없는 것처럼
비틀거리는 행복에 입 맞추고 싶어

마지막 숙명 반복된 사랑들은
눈물 적신 손수건 냄새에 젖어
기억처럼 사는 숨 가쁜 호흡
새하얀 연정들이 헐떡인다

뒤범벅된 시절 냄새
옆길로 새는 삶들이
그렇게 살아가듯
억울한 오늘을 앞장세우고 있다

어떤 하루 비린내 삶들은
할 말 많은 마음 정인가 보다
벼랑 끝 사랑에 취한 갈등들이
온종일 자유에 떠밀려 가고 있다

아파서 사는 것을 아는 것이겠지
죽을 것 같은 사랑 걱정
콧노래처럼 시간과 꿈이 잠들면
또다시 그 자리에 그냥 두기로 한다

제목 : 그 자리에 두기로 해요
시낭송 : 박영애
스마트폰으로 QR 코드를 스캔하면
시낭송을 감상할 수 있습니다

몽환 · 夢幻

수평선 넘쳐나듯
떠오른 시간

몽환
오늘을 만지작거리고 있다

지평선 가득
젖비린내만 가득하다.

자화상

산을 할퀴고
현실 속세를 모르는 척

물빛 형상을 좇아
놀란 웃음 고요 속에 묻혔다

수리 윤회로 매듭을 묶어
똑같은 자유를 쪼개면서

끝은 다시 시작으로 치닫고
아까부터 나는 이렇게 통했다

품

시간 색깔 한 겹
바람 부딪히는 소리는 죽어 있다

그전 같은 어떤 날
엎질러진 사랑을 업고

웅크린 따스함에 취해
뒷모습 손길 영혼을 마셔댄다.

부활

운명을 남기고 간
무지개산 끝

고목 받침돌
기나긴 지침을 바위에 새긴다

먼 시간 나를 닮은 자리
나머지 세상은 부활이다.

넋타령

참담한 욕망 갈구하는 구속
목마른 공의 자유

넋을 저버린 형상
탐욕스러운 물상의 승화

악마의 자장가 숨소리
흔적은 시간을 가로막고 있다

한국 문상

동양 최대로 시끄러운 허수아비들
가슴에 찬 누런 환자 이름표
근조 조화는 오늘도 바쁘다

미친 망 또 뒤집어쓴 여의도
찢어진 양복 사이
끊이지 않는 문상객이 줄을 선다.

급하게 망할 수밖에
역사 운명 세월이 그렇고
한국 포성이 춤을 추어 댄다.

나라는 없다.
주인 없는 혓바닥만 날름댄다.
여의도 빈 의자가 주인이다

전쟁 운동회로 착각하는 그들이여
전쟁을 문상하러 드나?
패망은 나이 성별을 구분하지 않는다

술 취한 해태
해롱거리는 막장 드라마
여의도 극장표는 무제한 공짜다.

아리랑 오페라

"Arirang Opera"

김노경 제3시집

2024년 1월 9일 초판 1쇄
2024년 1월 11일 발행
지 은 이 : 김노경
펴 낸 이 : 김락호
디자인 편집 : 이은희
기 획 : 시사랑음악사랑
연 락 처 : 1899-1341
홈페이지 주소 : www.poemmusic.net
E-Mail : poemarts@hanmail.net

정가 : 12,000원
ISBN : 979-11-6284-508-0

이 책은 〈한국예술인복지재단〉에서 지원을 받아 제작되었습니다.